Valzhyna

Mort

MUSIC FOR THE DEAD AND RESURRECTED
Copyright © Valzhyna Mort, 2020
Todos os direitos reservados.

Publicado mediante acordo com a
Farrar, Straus and Giroux, New York.

Tradução para a língua portuguesa
© Luci Collin, 2024

Diretor Editorial
Christiano Menezes

Diretor Comercial
Chico de Assis

Diretor de Novos Negócios
Marcel Souto Maior

Diretor de MKT e Operações
Mike Ribera

Diretora de Estratégia Editorial
Raquel Moritz

Gerente Comercial
Fernando Madeira

Gerente de Marca
Arthur Moraes

Gerente Editorial
Marcia Heloisa

Editora
Nilsen Silva

Adap. de Capa e Miolo
Retina 78

Coordenador de Arte
Eldon Oliveira

Coordenador de Diagramação
Sergio Chaves

Designer Assistente
Jefferson Cortinove

Preparação
Victoria Amorim

Revisão
Jéssica Reinaldo

Finalização
Roberto Geronimo

Impressão e Acabamento
Braspor

DADOS INTERNACIONAIS DE CATALOGAÇÃO NA PUBLICAÇÃO (CIP)
Jéssica de Oliveira Molinari - CRB-8/9852

Mort, Valzhyna
  Música para morrer e renascer / Valzhyna Mort; tradução de Luci Collin. — Rio de Janeiro : DarkSide Books, 2024.
  112 p.

  ISBN: 978-65-5598-401-9
  Título original: Music for the Dead and Resurrected

  1. Poesia bielorrussa I. Título III. Collin, Luci

24-3223   CDD 811.6

Índices para catálogo sistemático:
1. Poesia bielorrussa

[2024]
Todos os direitos desta edição reservados à
DarkSide® *Entretenimento* LTDA.
Rua General Roca, 935/504 — Tijuca
20521-071 — Rio de Janeiro — RJ — Brasil
www.darksidebooks.com

Tradução
* Luci Collin *

DARKSIDE

Para Korah

SUMÁRIO

- 15. A Antígona, um Despacho
- 18. Pontos de Ônibus: Ars Poetica
- 22. Gênesis
- 24. Tentativa de Genealogia
- 36. Cantiga para um Canivete
- 38. Dia de Lavagem
- 39. Cantigas
- 43. Pandemia Rosa
- 48. Ano Novo em Vishnyowka (uma canção de ninar)
- 50. Salmo 18
- 53. Cantor
- 55. Prática Musical
- 58. Raios Gama
- 62. Canção para Voz Erguida e Chave de Fenda
- 64. Baba Bronya
- 70. Convidado
- 72. Autorretrato com Madonna na Avenida Pravda
- 75. Ode a Branca
- 81. Noturno para um Trem em Movimento
- 84. Estado de Luz: 1986
- 88. A Ingeborg Bachmann em Roma
- 92. Biografia do Poeta
- 93. Música para Voz de Menina e Bisão

À ANTÍGONA, UM <u>DESPACHO</u>

      allegro *para enxotar a polícia*
      adagio *para lavar o corpo*
      scherzo *para risadas e lágrimas discretas*
      rondó *por cobrir o corpo com terra boa*

Antígona, os irmãos mortos
estão prontos.
Quanto aos vivos —
escolha-me como irmã.

Eu também amo um funeral adequado.
Enterro que brota das *Irmãs do Puxa e Empurra*

Senhoria,
faço a ronda pelos túmulos
acompanhando
as propriedades de alto nível
da minha família.

Num instrumento de tortura
chamado de acordeão
estiro meus ossos que
viram dedos de uma bruxa.

Minhas entranhas se esvaziaram
como foles
em busca do melhor som.

Assim que acomodarmos seu irmão,
vou lhe mostrar florestas
dos mortos insepultos.

Vamos limpar o caminho como só duas irmãs
conseguem limpar uma casa:

sem ossos espalhados como meias sujas,
sem cinzas na parte inferior das rótulas.

Por que se altercar com maridos por causa de pratos
quando temos
montanhas de crânios para polir?

Partilharemos trabalho e retribuição, não segredos de garotas.

Criada por bonecas e monumentos,
tenho comportamentos
de um cavalo e de uma cadela,
sou consolidada em lágrimas.

De longe você identifica meus túmulos,
mármore como pele de recém-nascido.

Aqui a história chega ao fim
como um filme
com créditos rolantes das lápides,
com créditos anônimos de valas comuns.

Cada vala, cada colina é suspeita.

Escolha-me como irmã, Antígona.
Nessa terra desconfiada
tenho uma brilhante cara de pá.

PONTOS DE ÔNIBUS: ARS POETICA

Não os livros, mas
uma rua abriu minha boca como a espátula de um médico.

Uma a uma, as ruas se apresentaram
com os nomes dos assassinos
nacionais.

No Arquivo do Estado, capas
endureceram como crostas
sobre os livros-caixa.

  *

Dentro de um apartamentinho
eu me construí
            em um cômodo separado.

  *

Dentro de um apartamentinho
eu me construí
            em um cômodo separado,
povoei-o
        com os Calibans
de planos para o futuro.

Futuro que segue os horários dos ônibus públicos,
        do zoológico ao circo,
           que futuro,
qual é seu álibi para esses livros-caixa, essas ruas, esse
  apartamento, futuro?

   *

Na bolsa que continha —
        ao longo de sete guerras —
                as certidões de nascimento
dos mortos, minha avó
escondeu — de mim —
chocolates. A bolsa se abriu como uma boca gritante.

   *

A bolsa se abriu como uma boca gritante.
Suas duas fivelas brilhantes me observavam
através das portas, através das paredes, através das tralhas.

Quem lhe ensinou a ser uma cara assustadora, bolsa?
Beijo suas fivelas, faço a jura de ser sua subordinada.

   *

Agosto. Maçãs. Não tenho ninguém.
Agosto. Para mim, uma maçã madura é uma irmã.

Para mim, uma mesa de quatro pernas é um bicho de estimação.

*

No templo do Supermercado
fico em pé
como uma vela

na fila das sacerdotisas que preservam
o conhecimento dos preços das salsichas, a virgindade
das caixas de leite. Meu futuro, um
troco.

*

Futuro que segue os horários dos ônibus públicos.
As ruas se apresentam
com os nomes
de assassinos nacionais. Eu me construo
em um cômodo separado,
em que a memória,
a migrante ilegal no tempo, está limpa
depois da imaginação.

*

Pontos de ônibus:
meu futuro, um assento vazio.

*

Num cômodo onde a memória desveste as camas —
lençóis que endureceram como crostas
nos colchões — eu beijo

maçãzinhas — minhas irmãs — beijo as fivelas
que nos observam através das paredes,
através dos anos,
através das tralhas,
chocolates de uma bolsa que continha — ao longo de sete guerras —
as certidões de nascimento dos mortos!

Abrace-me, irmã-maçã.

GÊNESIS

Sempre preferi Caim.

Sua raivosa
solidão, sua
falta do amor
de mãe, seu sarcasmo
cristão: "Sou o mantenedor
do meu irmão?",
pergunta o assassino do irmão.

Não somos todos, de fato,
os mantenedores dos nossos mortos?

Deixe-me recomeçar:

Prefiro maçãs que rolam
para longe da árvore.

Seco como um graveto
é o cordão umbilical, enfiado entre as pernas.

Como cortaram ele, Caim? Com
uma pedra?
Em Antecedente Criminal
escreva: "Mãe, em casa".
Em Arma
escreva: "Mãe, em casa".

TENTATIVA DE GENEALOGIA

1

De onde eu sou?

Nas sombrias basílicas
arrastado sem parar
descendo de uma cruz
está um homem
que aqui se assemelha a
um vestido
            arrancado de um cabide,
ali: espessas nuvens de músculos —
                    um corpo encoberto —
clima incorporado
de um território pouco conhecido.

(Um território de onde eu sou?)

Arrastando-o,
eles fincam as mãos debaixo das suas axilas.
Quão aconchegadas estão as mãos deles
                  num lugar tão quente!

Através de um corte no peito
Eva assiste
com seu único olho sangrento.

Um corte no peito — uma pestana rubra!

Mas
de onde eu sou?

    2

Sim, um homem
se assemelha a
um vestido
              arrancado de um cabide.

Dentro do escuro
             alfabeto
arrastado para baixo sem parar
cada letra
é um homem.

    3

Buscando um telefone num longo corredor
como se indo até um poço em busca de água.
(Bem, de onde eu sou?)

Nem da mamãe
nem do papai
meu rosto redondo
puxou a
um telefone de disco:

Um telefone de disco é meu DNA.
Meu corpo ressoa enquanto corre
para colocar minha cabeça
no robusto suporte do receptor.

O sangue está falando! A conexão de sangue é fraca.
Dentro do receptor ouço um estalo
como se o fogo estivesse chamando.
Quem é?

Sou eu, receptor de fogo.

Mas de onde eu sou?

4

Dias de neve impiedosa na janela da cozinha —
a neve se depositou como gordura debaixo da pele.

Quão gordos crescemos naqueles dias!
Tanto tempo gasto na mesa da cozinha
tentando decidir onde por vírgulas
em frases sobre vidas inventadas,

embora ninguém tenha se preocupado em nos dizer
que as palavras, uma vez proferidas,
se amontoam no cérebro como no saguão de um hospital.

Que o tempo deveria curar
só porque uma vez
foi visto com um bisturi nas mãos.

Você cometeu um erro, você diria misteriosamente,
apontando para linhas escritas por uma criança. *Pense*

em outra palavra com a mesma raiz.
Como se as palavras pudessem ter raízes.

Como se as palavras não viessem da escuridão,
palavras de um saco de gatos,
como se nossas raízes humanas já fossem

conhecidas por nós.

Eis aqui a *Gramática*, aqui a *Ortografia*,
aqui um papel algodão, "Pão, leite, manteiga".
Que raízes? Que morfologia? Quais regras

de subjugação? Como seria possível
cometer um erro? Eis aqui a *Física, Química,
Geometria* com seu atlas, agora,

onde estão as cartas de Vaclav,

1946?

O que fazer com a etimologia de nós?
                                                Nossa etimologia?

1946 lota o saguão do meu hospital.

O rosto de um telefone de disco,
o mostrador de um relógio,
a frente de um rádio na parede —
esses são meus
progenitores
de rosto redondo.
Mas o rosto de Vaclav —

onde?

(de novo um homem
se assemelha a
um vestido arrancado de um cabide)

E onde estão as cartas? Uma
por semana, em sua melhor caligrafia
dominical?

Dentro do receptor — fogo.
(Que aconchego ter os ouvidos num lugar tão quente!)
Mas de onde eu sou?

5

Um quartel de Minsk no pós-guerra —
                    a alegria de um primeiro apartamento —
um casaco, uma jaqueta, uma bolsa de couro
volumosa com pílulas, mas onde estão
as cartas-onde
do rosto-onde?

Rosto evacuado,
rosto desevacuado,
rosto doente-são, rosto riscado,
cara de vácuo,
cara de rato de laboratório.

Esse país foi testado no rosto de Vaclav.
Agora podemos viver em paz.

Então,
de onde eu sou?

Uma cidade do pós-guerra, quartéis —
                                        a alegria
            de um rosto desativado,
rosto desocupado.

Um rosto arrancado de um cabide.
Ausência como órgão interno.

6

Em uma aldeia conhecida por um grande lamaçal
onde todas as crianças se encaixam em duas categorias

daquelas que machucam coisas vivas
e daquelas que ferem coisas inanimadas,

numa aldeia conhecida
por ser desconhecida
(de onde eu sou?),
um cemitério ao redor de uma igreja antiga,
o alfabeto assustador
ao redor da aldeia,
um alfabeto nas lápides,
letras de mármore sob a neve comida pelas traças.

Sob a neve comida pelas traças
minha pátria tem bons ossos.

7

Minha pátria chacoalha suas chaves de osso.
Um osso é uma chave na minha pátria.

8

Minha pátria chacoalha suas chaves de osso.
Eva observa com sua única pestana rubra.

Sob a neve comida pelas traças
minha pátria tem bons ossos.

Na minha pátria as pessoas se ajoelham diante dos poços.
Na minha pátria as pessoas rezam para as cruzes de pássaros
voadores.

Um osso é uma chave para o meu povo.

Entre meu povo, apenas os mortos
têm rostos humanos.

Ainda,
de onde eu sou?

9 (sussurro)

Santas mulheres com boinas de fios dourados,
quem são esses aos seus pés, sentados como bichos de estimação?

Um anjo com asas de pavão,
um anjo com rosto humano.
Mas
    quem são esses aos seus pés,
              sentados como bichos de estimação?

Agora, se você usar essas boinas douradas,
se você domar crianças e anjos,
se seus dedos brancos e desossados folhearem um livro
enquanto eu roo
        esse versículo de madeira,

iriam vocês, mulheres santas que usam boinas douradas,
trançar o cabelo da minha língua

              num rabo de cavalo.

10

Palavra feito rabo de rato prum roedor que ama palavras!
Dentro do meu alfabeto
arrastado para baixo sem parar

cada letra assustadora
é um homem.

Meu alfabeto assustador em sua melhor caligrafia
                                                    dominical.

Uma carta endereçada a cartas perdidas,
cara de telefone, cara de relógio, cara de rádio —
                              cara como um órgão interno.

Onde estão as cartas de Vaclav
                          como um órgão interno.

Nas fronteiras da minha pátria
              — roupa molhada ruge ao vento como tiroteio.

Você já ouviu falar da minha pátria?

Minha pátria é uma gema crua dentro de um ovo Fabergé.
Essa gema é o que dá cor ao ouro.

Esta cara é um receptor de fogo.
Esta cara é um órgão interno.
Um osso como chave para o meu povo.

De onde eu sou?

11

Os ossos dourados da minha pátria estão ressoando!

12

Ponha seus ossos em tranças de túmulos, matas.
Ponha seus ossos em tranças de túmulos, ravinas.
Ponha seus ossos em tranças de túmulos, campos.
Ponha seus ossos em tranças de túmulos, pântanos.

Ponha seus túmulos em tranças de ossos, mãe.
Ponha seus túmulos em tranças de ossos, mariposa.
Ponha seus túmulos em tranças de ossos, fantasma.
Ponha seus túmulos em tranças de ossos, convidado.

Trance seus ossos com eficiência.
Trance seus ossos com bravura.
Penteie seus ossos com os dedos
em tranças elegantes
em nossas matas, ravinas, campos, pântanos.

CANTIGA PARA UM CANIVETE

Marya Abramovic,
suas duas tranças, uma ferrovia
em seu peito.

Um trem sobe e desce por suas tranças.
Seu neto toca um quarteto de cordas
com um canivete
no vidro da janela.

Lá fora — pinheiros sempre vermelhos.
O trem ruge, ruge, ruge, ruge.

Marya Abramovic,
boca na altura dos ombros!

Marya Abramovic,
são tranças ou rastros de caminhão?

Marya Abramovic assa pão integral.

Uma costela da lua repousa
sobre a mesa da cozinha.

Marya Abramovic,
torne-se uma pequena Eva,

para aliviar suas noites,
para fazer as galinhas rirem.

DIA DE LAVAGEM

Amelia se lava junto à parede
tão lisa que se pensaria que ela a depilou.

A janela está aberta, qualquer um pode ver.
O sabonete assobia. Um alerta de ataque aéreo toca
como um telefone vindo do futuro.
Seu vestido está estendido no varal.

Dessa vestimenta cinza, que está ou guardando
ou atacando a casa, uns três metros de escuro
caem sobre as tábuas do chão. Ela fica lá dentro,
como no fundo de um rio, seu coração é um polvo.

Suas mãos tão grandes, ao lado delas,
sua cabeça é um pequeno o
        (os vizinhos apertam os olhos),

avidamente repletos com cabelos rebeldes.

CANTIGAS

Sobre essas casas
como as mãos de um homem morto
os telhados se desdobram.

*

"Um trem?" "Cães
chacoalham correntes."
Parapeitos, nevados
com moscas exaustas.

*

Amelia bebe café forte.
Yanina compartilha utensílios como cartas de baralho.
Yuzefa, após ruidosas e teatrais despedidas,

está morta.

*

Yuzefa esmaga membros
de famílias desfeitas, ela orça
filhos e parentes, subtrai os mortos,
carrega os desaparecidos.
É um problema de matemática
que ela enterra consigo.

*

Todas as janelas em branco-noiva, uma casa-
-substituta com moradores-substitutos,
nascidos nessa cozinha, de volta três vezes ao dia
para fazerem uma refeição no local de seus nascimentos.

Porém nenhum está enterrado em algum lugar próximo.

*

Yanina remove pilhas de neve cheias de moscas.
Como uma lágrima viril, um pássaro desliza pelo ar.

*

Correntes seguem cães como se correntes fossem liberadas
como lodo.

*

A justiça acabou por ser
mais aterrorizante
do que a injustiça.
Yanina cai como pó sobre sua cama.

*

Parecer saudável? Deixe isso
pros animais.

Quando um tanque passa por uma rua aqui.
Feito um elefante,
ele agita o tronco
da direita para a esquerda.
Um elefante na nossa aldeia!
Em vez de se esconderem, as mulheres correm para olhar.

   *

Desde então, muitos pássaros foram eliminados
em pleno ar.
As marcas nas xícaras amordaçam muitas bocas sedentas.

O que foi feito conosco vem embaralhado com os medos
do que poderia ter sido feito.

Nossas famosas habilidades
na produção de tanques
foram redirecionadas
a estudantes e jornalistas.

Mas sob aquele teto, desdobrados
como as mãos de um morto sobre a casa,
ainda vivemos.

   *

Mas sob aquele teto, desdobrados
como as mãos de um morto sobre a casa,
ainda vivemos
carregando baldes entre uma árvore e uma fera.
E em vez de orações noturnas
eu rogo
em meu íntimo
para apenas deixá-lo
ser, meu estimado, meu

desestimado Senhor.

PANDEMIA <u>ROSA</u>

Num encontro casual, um estranho que lhe conheceu durante a evacuação mordoviana descreveu a horrível fome, e lhe descreveu como um menino faminto que sempre carregava um livro.

1

Nesta mesa feita de árvores estrangeiras
o pão do silêncio, intacto.

Mudo, um retrato meu: estou emoldurada

no encosto da cadeira. E você está aqui,
embora não. Seus ossos no ventre da sepultura,

embora não, um menino faminto com um livro, num enterro coletivo
ao lado de seus gêmeos-na-morte. Seu nome,

que soou exótico para eles,
é alterado para um nome russo
em um ato de des-batismo.
Embora, não.

O pão se acomoda sobre quadradas espáduas de madeira.

Quando você passa fome por meses,
seu coração é um osso vermelho.

Tudo que vejo quando abro um livro é seu estômago vazio.

2

Às vezes, seu estômago vazio é uma lente de aumento.
Com ele, pesquiso página por página
buscando uma batata velha escavada no solo da impressão.

Fico tão enlouquecida que ouço as páginas dos livros
me perguntando se você mastigou as raízes das árvores
que viraram esse papel.

No meu punho do tamanho do estômago
Dobro uma passa, uma noz, um pouco de açúcar.
Com esse punho golpeio o ar do próprio ar,
ataco tudo que estiver por perto.

Sobre mim: muitas vezes passei um dia inteiro por
       estacionamentos
onde os carros lembram cascos de imensas tartarugas largadas
       por toda a vida.
Desses cemitérios de tartarugas

        observo colinas: distorção oftálmica,
        celeiros vermelhos: formigas nos meus olhos.

Meu médico me receitou gotas de água do Lete.

Por que falo com você?
Neto favorito de sua irmã favorita,
quanto mais Lete coloco nos olhos, mais perto fico de você.

Na minha Arca de Noé — fantasmas prontos para
    engendrar fantasmas.

Sabe com que um fantasma se parece?
Se parece com sangue.

3

Sentada a um suspiro de distância de você, tenho medo
da sombra da minha língua se movendo nas reentrâncias
da minha boca.

Arrastei essa casa sobre minha cabeça como um gesso
para curar a sanidade fraturada, pensamento a pensamento.

Silenciei todo o passado com o encantamento do flash
    de uma câmera,
embora não.

Se fosse para haver um som entre nós,
que fosse aquele que começa
com toque,
que é música.

Música que, nas teclas do acordeão,
descerra o punho da ancestralidade,
afrouxa os dedos em pétalas de rosa.

Uma árvore genealógica não é uma árvore, mas um botão,
pétalas atadas, bocas para baixo.

4

Você ouviu o som de um portão
de ferro gritando como um massacre
e lambeu
os lábios. Então, o silêncio
endireitou os ombros dentro das suas narinas.

Você morreu sobre um lençol de hospital alvejado
e engomado até que parecesse feito
de ossos passados a ferro.

O que a rosa da família pensa sobre isso,
quando minha caneta fica em pé feito cabelo neste papel?

5

De uma tecla branco-hospital à próxima,
carrego meus mortos a fim de preservá-los
nessas mortalhas tecidas com som.

Eu os enterro adequadamente, um por um,
dentro dos caixões de teclas do piano.

Eu corro — aprendi a correr da Terra!
Terra, uma bexiga cheia de sujeira e neve.

Embora não.

ANO NOVO EM VISHNYOWKA
(uma canção de ninar)

A neve cintila e suaviza
o abate de um porco.

Mamãe recusa outra
bebida, mamãe
aceita outra bebida.

Na parede — um tapete com peônias,
suas bocas roxas
                    me sugam para o sono.

Pequena,
        estou de cama.
                      Brindes
lá do outro lado da parede,
                    minhas canções de ninar.

Mamãe diz não, não, não
a mais bebida.

Minha cama tem cheiro de *valenki*.
Sem tirar os olhos de mim
um gato

lambe a pata cinza como se estivesse afiando uma faca.
Mamãe grita sim para outra bebida.

Os seios dela são grandes demais para caberem em ônibus
    matinais lotados.
Há incerteza
              de que eu me tornaria uma pessoa real.
Mas um certo dia
em Vishnyowka,
um porco

é abatido, mamãe sussurra sim
sim sim sim
para mais bebida,
estou desaparecendo nas gargantas das peônias,
peônias cheiram a *valenki*,
                    a sangue de porco
na neve.

Os ponteiros do relógio deixam um estranho rastro de esqui.

SALMO 18

*

Rezo às árvores e a linguagem migra por minhas pernas abaixo como
   gado mudo.
Rezo à carne de madeira que nunca deixou suas raízes.

Também sou carne trançada em um fio de pensamento.
Rezo às árvores:

luminescente no jardim escuro
é a estrela quadrada
de uma esquadria de janela, meu antigo quarto.
Fantasmas, meus professores!

*

Nos ramos das tílias — respirem, meus fantasmas,
(sangue nos meus ouvidos!),

nas tílias — maçãs do rosto, cotovelos
dos meus mortos — nesses espelhos verdes.

*

Como é que pode isso de eu ser dessa Terra
e as árvores também serem dessa Terra?

Uma corda de varal pendia sob roupas de cama entre árvores leves,
mil-folhas e bardana, a fuga de Bach, o silêncio de Bach em nossos
lençóis limpos e úmidos.

Por trás do vidro — retratos dos mortos.

Feche as cortinas — imóveis, eles observam.
Abra as cortinas — eles tremem.

Feche as cortinas — mudos, eles observam.
Abra as cortinas — eles sussurram.

Árvores, cortinas — tremem.
Nelas
os mortos removem essa prece de suas línguas.

*

Ao entardecer, como visão, hortelã e endro
acentuam seu cheiro. Em uma cortina de luz

o vento lustra seus ossos.
Duas camas paralelas a uma parede,
onde, cara a cara, dormimos.

O túmulo da memória, túmulo
após túmulo da memória: um trem de vagões-caixão,
com ímpeto corre, com ímpeto
corre, corre, trem após trem
chega na terra.

Na próxima parada: meus fantasmas, saiam, respirem,
eu estaria lá esperando. Eu traria
chá fresco de rosa mosqueta em nossa garrafa térmica chinesa.

CANTOR

Uma gema de mel em um copo de leite refrescante.
Morcegos brincalhões como borboletas nos cabos de luz.
Em todas as suas histórias o sangue pende feito réstias

de cebolas secando. Nossa aldeia é tão pequena
que não tem cemitério próprio. Nossas almas
se ensopam nas águas salobres dos pântanos.

Homens morrem nas guerras, seus corpos suas sepulturas.
E mulheres ardem no fogo. Quando o verão pleno
traz tempestades, não conseguimos dormir

porque nossa casa é uma peneira de madeira,
e um raio crescente decepou nossos cabelos.
Os pântanos ardem, ficamos sentados a noite toda, com medo.

Sempre achei que seu antigo troféu, Cantor,
nos esconderia naquele dorso arqueado.
Achei que agarraríamos sua crina de fios

de frouxos carretéis ao longo de sua espinha árabe,
os mesmos fios que foram costurados nas minhas saias,
nas minhas roupas íntimas, no primeiro sutiã. Que cheiro

veio daqueles fios que você, há tanto tempo, tinha
costurado, removido, costurado de volta nas roupas
que manteve unidos homens que desmoronariam

despidos. Os mesmos fios entre minhas pernas!
Eu os açoito, e o Cantor galopa!

E o céu pende do fio do relâmpago.
Como naquele poema: na Jaegerstrasse de Berlim
putas arianas estão vestindo camisas arrancadas
dos peitos fatiados das nossas meninas. Meu Cantor-Cavalo,

será que tudo tem que ser como um poema?

PRÁTICA MUSICAL

No intervalo entre
duas guerras
seu pai cantou uma canção.

                    Na hora

em que ouvi essa canção, não havia música.

Remendando a letra da música com mmm e
aaa (depois da terceira guerra você conseguiu sobreviver
como costureira),
você perdeu o fio
da melodia e do tom.

Essa canção, minha dose diária de radiação

ou de vacinação, sem palavras
exceto pelos mugidos desafinados,
                                    exceto pelo
balido discreto, essa canção
                        mancando
pelo nó na garganta. (Meus mortos,
sempre espiando,
sempre surrupiando meu cérebro de garotinha).

Será que devo ir em frente e professar
isso em nome
daquele homem que tocava qualquer instrumento jogado para ele
— um címbalo, um bandolim, um violino —
mas acabou rapidamente matável
uma vez jogado em uma guerra
(nem mesmo uma Grande, além disso)

Fui convocada para a música.

Porque sua única lembrança de seu pai
era um homem cantando uma melodia no quintal das groselhas
para uma criancinha
                que, mais tarde,
não conseguia lembrar nem palavras nem melodia,
eu tive que aprender Bach,
Brahms, Rachmaninov, Haydn,
                    num acordeão vermelho,

eu tive que despender
mais de trinta e duas mil horas de prática
musical
(não muito diferente dos nazistas,

no seu delicado relógio de pulso,
você rastreou meticulosamente
cada sessão minha
subtraindo as idas ao banheiro

                              realizadas sob seu desconfiado
olhar de desaprovação).

Eu não tinha nem ouvido nem voz para isso
(nem você, devo acrescentar,
já que agora você não pode me contradizer).

O que uma criancinha, com a boca cheia de groselhas, entende
   de uma canção?
O que uma língua conseguiria lembrar depois de perda e fome?

Se eu não soubesse como somos feitos, diria
que você não teve pai nenhum.

A canção dele parece muito improvável.

Ela vai de mmm e aaa
sem melodia, sem
música.

Tudo que existe para ela
é seu rosto triste

que vai de mmm e aaa
até Bach, Brahms, Rachmaninov —

RAIOS **GAMA**

Flecha do Cupido	a ponta da tesoura que enfiei nas coxas, a trinta quilômetros de Minsk, banhada de sol.
Solar	a estação de rádio de Chernobyl. Transmite sua radiação; sempre ativada. O sol fala nos microfones de tulipas.
Microfones	Viktsya está parado ao lado do úbere da vaca como se estivesse num estúdio de gravação.
Gravar	Yanina (cega) copia partituras do cancioneiro do meu professor, *Beethoven* (surdo) *para acordeão*, no meu caderno.
Xerox	indisponível no império, valorizado como uma nave espacial.
Pentagrama musical (segundo o professor de música)	não as prateleiras da cozinha de Yanina. Inaceitável repor na prateleira em liberdade, para ajustar o tom da música como temperos.

Professora de música	uma mulher linda, furiosa como os cabelos de Beethoven.
Pentagrama musical (segundo Yanina)	fileiras de camas de tábuas no quartel do norte. "As notas são os corpos, circulares e achatados pela labuta diária, totalmente escuros ou insanamente vazios por dentro. Isso é o que torna a música tão comovente, tão dolorosa."
Notas, *também* (segundo Yanina)	conchas.

Beethoven: "A música deveria acender o fogo no coração do homem e trazer lágrimas aos olhos da mulher."

Yanina para Beethoven: "Então a música é uma briga de família?"

Notas (segundo o professor de música)	conchas cheias de água que Yanina despeja no fogo de Beethoven.

Meu coração   em chamas   com fúria
toda vez que o professor de música critica
      a cópia oculta de Yanina.

Desprezo e secretamente invejo Beethoven
por não ter nada a ver
 com camas de tábuas no quartel
 do norte.

Uma fonte diária de Beethoven: estação de rádio "Chernobyl".
A alegria das chuvas radioativas.

Minha missão: combato os raios gama com oitavas musicais.

Yanina coloca notas nas camas de tábuas do pentagrama.
Em uma delas, ela reconhece seu antigo marido.
Sua cegueira distorce todos os traços
 nas formas ovais das notas.

A vaca mastiga capim mas não há vaca.

Os pássaros desfiam as nuvens com seus bicos sem corte.
A floresta é rala
como sopa. Os homens vivem
apenas nas fotografias,
sós
 mulheres velhas são mulheres velhas.

Elas travam dentaduras. Elas fincam
óculos em narizes aduncos. Elas se prendem
em sutiãs de sustentação,

prendem lenços   com nós de marinheiro
e, portanto, muito mais protegidas do que os socorristas,
elas amaldiçoam suas galinhas e porcos como se tivessem
galinhas e porcos.

                O canto de um galo,
rápido como uma picada de vacina.
A ponta da tesoura é o mais longe que a flecha do cupido
    chega aqui.

Eu me apaixono pela música que ela copia errado,
a música que ela sincopa, malo-
-grando e copiando errado,
sem um pio.

CANÇÃO PARA VOZ ERGUIDA E CHAVE DE FENDA

Tendo subido no meu colo, o acordeão
compõe
sua respiração pesada.
                       Quem
transformou Gregor Samsa
nesta caixa preta?   O velho senhor

que me ensinou a tocar acordeão atirou
uma chave de fenda numa carteira escolar.
Para quê?
Por um ritmo!

Usava óculos grossos, com lentes amareladas como unhas dos pés.
Ex-soldado, tinha medalhas de guerra e nenhum ritmo.

Stepanych, você apertou os botões do acordeão
como um homem preso num elevador.

Capenguei
pelas teclas
seguindo a promessa da chave de fenda.

Ouça-me agora perdendo o ritmo como se estivesse me esquivando
de balas de borracha, Stepanych, sou sua aluna

até os ossos. Stepanych, sou
um osso arrancado
pela aranha gigante
de um acordeão, esticando suas correias pernudas
         nas minhas costas.

"Seu coração estranho batendo próximo ao meu" e blá, blá, blá.

Imagino você enterrado com aquela chave de fenda
como um cetro — um imperador,
Stepanych, o Desafinado.

Sua aluna deposita o acordeão como um altar
ancestral
sobre uma cadeira vazia.

Crianças, nós aprendemos ritmos
do soluço manchado de urina dos elevadores,
do piscar quebrado dos semáforos.

Estou entrincheirada atrás de um soluço.

Dê-me aquele ritmo de chave de fenda, Stepanych,
e eu vou embora.

BABA BRONYA

Na Avenida Pravda, quatro mulheres protegem 60 metros quadrados da *pravda* da nossa família. No prédio de apartamentos que se estende por dois pontos de ônibus, sou uma criança-teste exposta ao reator em chamas da memória da minha avó. Na primeira década da minha vida, recebo uma dose completa da *pravda* [verdade] dela — sua — como uma injeção diária.

Quando, na escuridão do inverno, reclamo de ter que ir à escola, você menciona 1941: acabou de terminar a quarta série num orfanato de Minsk. O primeiro dia da guerra põe fim à sua educação. "O que seria de mim se não fosse a guerra?" É impossível imaginá-la como outra coisa a não ser uma contadora da *pravda* da sua vida.

Enquanto almoço, você fala, com gosto, sobre a fome. Quando reclamo das minhas roupas fora de moda, você ri relembrando seu casamento — você pegou emprestado um roupão branco de uma enfermeira para usar como vestido de noiva. Quando imploro por privacidade, você pergunta: "Já lhe contei sobre o dia em que os bolcheviques vieram retirar o telhado da nossa casa de fazenda?". Ou pior: "Já lhe contei sobre a casa onde minha mãe morreu logo depois de mandar meus irmãos e eu para um orfanato?", "Já lhe contei como o tio Kazik morreu?", "Já contei como os soviéticos levaram meu pai duas vezes e, como ele voltou depois da primeira vez, não chorei nem um pouco quando o levaram pela segunda vez?".

(Mais tarde você chorou muito quando Stalin morreu.)

Você se lembra dos nomes de todos os nossos parentes mortos e conhece as distâncias entre as aldeias incendiadas. Você se lembra de quadrinhas infantis e das datas exatas de fatos desimportantes (uma abelha picou o olho de seu tio-avô Leopold em 11 de julho). Mas você nunca se lembra de que já me contou essas histórias antes.

"Já lhe contei sobre minha vida?", você diria à noite, da sua cama.

Três de nós compartilhamos um quarto: minha irmã, você e eu. Meus pais dormem em um sofá-cama na sala. Nunca coloquei os pés em nosso segundo quarto.

Quando não me sinto bem, você fala da sua perna que não dobra no joelho. Uma bengala em vez de uma perna! Pouco antes da guerra, você estava agendada para uma cirurgia na rótula, mas os bombardeios cancelam todos os planos, e por cinco anos o joelho apodrece. É um milagre que, no final, a perna não precise ser amputada. Nos primeiros meses após a guerra, esperando a cirurgia, você está sentada no jardim da casa da tia Viktya, quando um soldado, em seu longo caminho de volta à casa, para perto da cerca. "Linda, você colheria uma flor para mim?" ele pergunta.

Todas as suas histórias apresentam esse momento — seja uma história de fome, bombardeio, exílio, doença ou morte — alguém sempre passa e para a fim de lhe dizer o quão bonita você é.

Incapaz de andar sozinha, em silêncio, você permanece sentada. Antes de ir embora, o homem diz (com sua voz mais dramática): "Seus olhos vão assombrar meus sonhos".
"Tive vergonha de revelar que era inválida", você explica diariamente.

Para mim, suas histórias [*pravdas*] substituem a vida real. Essas histórias me mantêm dentro delas como um círculo de fogo. À medida que envelheço, você garante que eu permaneça acorrentada a uma poltrona reclinável com um acordeão. Você ajuda a prender um grande Weltmeister vermelho em meus ombros magros como uma chumbada de pedra. Sento-me no fundo das suas histórias com um acordeão me reprimindo.

Já lhe contei o quanto moro dentro de suas *pravdas* e não na Avenida Pravda?

Os vizinhos descobrem meu acordeão antes dos meus pais e batem na parede com um sapato. Em um elevador pequeno e fedorento, algum vizinho sempre me pergunta se sou *aquela garota do acordeão* e me encara em silêncio durante toda a subida.

Certa vez, dando meu melhor em outro estudo ou valsa, com o canto do olho noto uma criatura alta parada na porta da sala de estar. É uma senhora idosa, muito mais velha do que minha avó, com traços marcantes em um rosto limpo. Ela é uma total estranha dentro do nosso apartamento.

Esta mulher é a tia da minha avó, Branislava, *Baba* Bronya. Acontece que *Baba* Bronya morou conosco, em nossos 60 metros quadrados, durante todos os sete anos da minha vida, ocupando o segundo quarto. Minha avó leva comida para o quarto da tia e faz a limpeza. Nenhuma das irmãs da Bronya a quer e então ela acabou conosco, na Avenida Pravda.

As duas irmãs de Bronya, Viktya e Yadzya, junto de suas sobrinhas, todas Yadzyas, Yaninas e Amelias, nunca perdoaram a tia Bronya por ter se divertido durante a guerra. Nas fotos que encontro anos depois, se vê Branislava cercada por homens uniformizados, e ela parece estar prestes a sair para dançar ou ter acabado de voltar de um baile.

Acima de tudo, Bronya é odiada por nunca ter tido filhos: quando você não tem filhos, não precisa vê-los morrer um após o outro durante a guerra.

Fico maravilhada com sua capacidade de explicar as causas exatas das mortes de várias crianças da família mais afastada. Você as recita como receitas: "Edzik, 3 anos, meningite; Yanaczak, 1 ano, diarreia; Boleska, 5 anos, em um atentado."

"Não vamos chorar", você me diz. "Viktya chorou até que seus filhos mortos, na vida após a morte, quase se afogaram nas lágrimas dela." Por que não, você é sempre confiável ao divulgar casualmente fatos sobre a vida após a morte, como se pudesse entrar e sair da vida após a morte direto da sua cozinha.

Já lhe contei o quanto moro dentro de sua *pravda* e não na Avenida Pravda?

Quando *Baba* Bronya, com longos cabelos e ombros quadrados, surge pela porta ao som da música, tenho 7 anos e grito a plenos pulmões. Não consigo me mover, o acordeão me prende na cadeira. Você sai correndo da cozinha, enfia a tia Bronya de volta no quarto dela (nosso segundo quarto!), e eu entro em meus anos de pesadelos e pavor absoluto de ficar sozinha. Tenho que ser levada do quarto até o banheiro e de volta ao quarto. Quando volto da escola, não consigo entrar no nosso prédio e fico esperando que você, pela janela da cozinha, perceba que estou ali e possa me acompanhar até em casa.

Na melhor tradição bielorrussa, minha mãe me arrasta a muitos feiticeiros. Uma imagem: no início da primavera, chegamos da cidade dos blocos de apartamentos a uma aldeia onde um curandeiro mora numa casa baixa feita de toras; o pus da neve brilha no húmus preto.

Húmus preto, pus de neve e sussurros de curandeiros da aldeia só aumentam minhas paranoias.

Certa vez, quase adolescente, entro em uma igreja em busca de exorcismo.

Depois que a tia Bronya morre, meus pais compram a primeira cama de verdade e se mudam para o segundo quarto.
O que sobrou da tia Bronya? Uma pequena pilha de fotografias amareladas onde ela aparece, com longos cabelos e ombros quadrados, cercada por homens uniformizados. Já lhe contei o quanto moro dentro de sua *pravda* e não na Avenida Pravda?

      Meus pesadelos param quando, aos 16 anos, parei de estudar música.

CONVIDADO

Aqui, onde estou morrendo, numa casa
branca perto de um porto azul.
— Maxim Bakhdanovich

Entre, Maxim! Esta é Minsk
sufocada sob um travesseiro de nuvens.

Aqui está você: uma estátua com um casaco pesado.
Aqui todos os monumentos usam casacos.

Não de lã, mas casacos de casca de tílias,
com golas de felpas de abelha.

Nos bolsos, os monumentos guardam cintos.
E sob os colarinhos, os monumentos têm pescoço.

No inverno, as sombras isolam as paredes.
Janelas e rachaduras são sacudidas pelas sombras.
Nos museus, casacos e laços

expostos. E a água é suco de picles.

Entre, Maxim, os blocos de apartamentos
estão envoltos em escadas de munição,
e medalhas nas vitrines cintilam durante a noite.

Cada prédio aqui é uma espécie de busto,

um elevador sobe como vômito.
À guisa de móveis existe um toco.
Entre, Maxim, venha voando!

*

Sente-se em um toco.
Não fique sombrio. Mantenha
seu casaco. E por favor
venha voando, uma estátua
cometa voadora,
uma medalha-cometa
até Minsk.

AUTORRETRATO COM *MADONNA* NA AVENIDA PRAVDA

Da boca de quem é que você me extraiu?

A boca da rua
nomeada em homenagem ao porta-voz
da propaganda.

Da queda do império
eu ouvi no rádio
enquanto esperava pela previsão do tempo.

Os balanços viraram guilhotinas.
Na sala de aula fluorescente
críticos pubescentes
lideravam
        uma professora,
que escreveu na lousa com um toco
de osso humano.

Naquela luz engomada,
ela ofuscava nossos rostos acneicos
com a Madonna de Rafael.

Conhecíamos sua pele descolorida
pelo cheiro. Corredores diariamente desinfetados com cloro
para encobrir o fedor de urina e suor.

Cloro, ópio dos alunos,
nos concedeu pureza, absolvição dos pecados
para os nossos avós
cujos feitos heróicos
        apodreceram sob capas de livros rasgadas.

Os ônibus públicos brotavam na escuridão como manchas hormonais.
As feições dóceis dela não pareciam bonitas.
Como um suborno,
ela estava entregando um seio à criança.

O seio formava uma espécie de pátio entre seus corpos.

O que seu sofrimento significava para nós?
A criança segurava o peito para não ser
despejada na sala de aula onde o cloro
há muito tempo substituiu a fala.

Em pequenos escritórios fedendo a cola,
burocratas palitaram os dentes em busca
de um certificado próprio
para registrar esse estranho nascimento.

Um tiro de neve na escuridão espessa de sangue,
balanços se tornam guilhotinas,
a cidade de ferro e de sarro.

O império caiu, depois a neve caiu, depois a mãe
rasgou seu vestido e exibiu um seio maduro com trinta
gotas prateadas de leite.

Nesta luz engomada, no peito da Madonna.
a criança já parecia crucificada,
a ponta do mamilo ao lado de seu delicado punho.

A professora de artes parecia faminta. Ela nos desprezava,
assim como a estrela enquanto olhava para baixo julgando.

Ela disse: "Vá". Como um verme,
sua boca fina tentava se enterrar sob a pele enquanto ela falava.

Uma cidade de ferro e sarro,
um ninho de larvas de neve, minha cidade.
Cada verme da neve eu beijo.

A boca da Avenida Pravda eu beijo.
Beijo cada locutor de rádio na boca,
beijo cada locutora de rádio em sua boca de ferro,

a história espera enquanto nos beijamos.

ODE A BRANCA

Bendita seja essa vida em que subo as escadas correndo
com uma sacola da farmácia cheia de comprimidos para Branca.

Ah, moeda medicinal! A saúde alugada de Branca!
Minha virgindade, uma moedinha rosa no meu bolso.

Bendita seja uma cidade que esconde suas costelas
sob um manto impecavelmente limpo de pandemias de neve.

Se o sol aparece dentro do seu céu desossado,
o céu é diagnosticado com um tumor.
                                              Não há mar,

mas os cemitérios espalham suas ondas graníticas
nas faixas amarelas da luz da rua —
                                      luz com areia nos dentes!

Os pontos de ônibus brilham no escuro — cigarros, celulares —
como presépios.
Os ônibus ruminam o asfalto.

*

Bendita seja a cozinha suja da Branca! Na sua gordura somos preservados.

Quando o pão caiu da mesa, nós o descartamos.
Lavamos as mãos depois de visitar os túmulos da família
e não beijamos a água que escorreu pelo ralo,
nós ligamos o interruptor da luz
com o cotovelo. Mas quando encontramos amor
no voejo entre
sebo e sangue de moscas e mosquitos,
nós o lambemos, com o mais fundo da língua.

Branca perdeu minha mão, mas puxa minha língua como
      um fio de
  marionete: a língua é sempre a de uma mãe
quer eu a retenha ou a enfie tão fundo na sua garganta
  que, para sair, ela tenha que virar uma canção.

Bendito seja um sinal da boca de um velho — seu único dente
  de totem.

*

Bendito seja um salão entre idiomas onde meus lábios se empilham
uns sobre os outros como troncos numa cabana na floresta.

Bendito sejam os blocos de apartamentos pendurados como
    tapetes afegãos.

Bendito seja um cachorro que corre com um osso
    crescente nos dentes,
flores que cheiram a sangue — lar.

Suas coordenadas:
um balde de água úmido de estrelas,
seios que pendem como duas mãos,
cada uma com um dedo-mamilo na ponta,
uma fechadura de lápide na corrente do horizonte.

Eis aqui um poema que meus beijos de língua precisam encerrar.

*

Se lhe disserem que a terra não respira,
conte a eles como na primavera
um rio brilha com as fivelas dos cintos dos cadáveres
    descongelados,
conte a eles
como os galhos se esticam como as mãos prestativas da morte.

Conte-lhes sobre pássaros em gaiolas de seda,
Pastores alemães em correntes pesadas,
um poço ao lado de cada casa.

Encerre-o, beijos de língua.

*

Conte a eles, beijos de língua.

Você pode beber água de qualquer poço
ou pular neles e se afogar.
Você pode se enforcar em um dos galhos do jardim
ou colher uma maçã meio podre.

Bendita seja essa paisagem de escolhas, clara como uma noite clara.

Nabos e beterrabas crescem direto nas gargantas
dos mortos.

*

Em nenhum outro lugar você saberia tão nitidamente
    que as árvores
não são mudas, mas sufocadas.
Elas enovelam seu lamento:
o que vimos com todas as centenas de nossos olhos!
O que vimos com cada um dos nossos olhos verdes!
Pegue esses gravetos, arranque nossos olhos, remova-os.

Encerre-o, beijos de língua.

Estou lendo esta página como uma vidente.
Estou lendo essas linhas como a palma de uma mão.
Quando vejo seda, proponho seda.
Quando vejo sangue, proponho sangue.

O que nos manteve vivos? Nossas canções de morte.

Como afugentamos Deus
para fora deste lugar?

Com coisas que Deus teme:
uma língua, amarrada com uma fita preta de verso,
uma fatia de pão usada como marcador de livro.

*

Bendita seja uma vida em que, ainda criança, faço uma saudação
e o livro da minha axila se abre
mostrando minhas letras escuras já crescidas.

E a voz que me conduziu
às mentes dos trens e ônibus urbanos,
às mentes dos armazéns?

Nas pálpebras fechadas da Branca coloquei
suas pílulas brancas como a neve.

NOTURNO PARA UM TREM EM MOVIMENTO

As árvores que vislumbrei da janela
de um trem noturno foram
as árvores mais tristes.

Elas pareciam prestes a falar,
então —
          desapareceram feito soldados.

As comissárias de bordo distribuíram lençóis engomados para
dormir.
Os passageiros se curvavam sobre pequenos ícones
de sanduíches.

Em um copo alto, uma colher misturou açúcar ao café
batendo sua face prateada contra as facetas.

A janela refletiu uma figura
lutando com lençóis brancos.

Os postes com nomes de cidades prometiam
uma possibilidade de palavras
para o que havia passado voando.

Nas janelas iluminadas as pessoas pareciam se mover
como se estivessem realizando uma cirurgia nas mesas.

Parques de castanheiras suspiravam os suspiros das criaturas
passíveis de falar.

A radiação, uma etimologia de solo

direcionada ao futuro, preparara
uma tese sobre as novas origens das velhas raízes,
em missões secretas e desfigurantes de erros ortográficos,
sobre a chocante traição das maçãs,
sobre a lealdade inabalável do césio.

Minha voz infantil, minhas mãos, meus pés — todas as minhas
coisas que vivem
nas bordas de mim —
shhh agora, os parques de castanheiras estão prestes a falar.

Mas agora eles desapareceram.

Fui extraída do meu bloco de apartamentos,
acorrentada à terra com playgrounds de ferro,
onde balanços de ferro subiam como poços de petróleo,

Fui extraída antes que pudesse cavar um idioma
do ar
com meus pés infantis.

Fui extraída por bicos — cegonhas, grous.

Veja o condutor perfurando os olhos
de passageiros adormecidos.
O que é isto no meu rosto
que o transforma num documento,
num bilhete esticado pelo pescoço?

Por que desdobrar essa roupa de cama engomada
se parece com
               esfolar alguém invisível?
Por que as colheres, de cabeça para baixo nos copos,
    não param de gritar?

Shhh...

As castanheiras estão prestes a falar.

ESTADO DE LUZ: 1986

1

Menina, eu canto no coral dos meninos,
a minha é uma cidade desfigurada pelo ácido da luz,
entre os anfiteatros
das bocas dos meninos,
                meu corpo —
uma fatia de nada.

Musa,
      com duas línguas onde deveriam estar as asas,
começo com música
                jogada em balanças de carne

na cidade do ácido,
                a luz fala com os finos lábios das ruas,
                os grossos lábios das avenidas, fios de luz
estendidos nas portas dos armazéns,
música
      jogada em balanças de carne

por vendedoras desfiguradas pelo ácido da luz
por vendedoras cujas mãos são quadradas como porta-retratos,
nossas vendedoras

que nunca se veem nas telas
                            de grandes mestres,
        têm os lábios mais pictóricos —
                      arcos da mais fina arquitetura,
arcos triunfantes construídos para a sua linguagem
        de desprezo.

Desprezam nossa fome —
lugar de criança é no coral, não à mesa!

Desprezam nosso dinheiro —
crianças não devem tocar no dinheiro, dinheiro é a genitália do nosso
    Estado!

Fritamos luz aos gritos de luz
e nos alimentamos de luz

nessa cidade inocente desfigurada pelo ácido da luz
construída não sobre ossos — não sobre ossos — não sobre ossos
— não sobre
    ossos.

Nem uma lasca de ossos humanos em nossa terra!
Podemos afundar as mãos na nossa terra como na água!

E meu livro de história está recheado feito salsichas.

2

Em verdade, em Sua imagem: pairo
na glória   das peixarias,
no cloro   das salas de aula.

No meu estômago   está a meia-noite do pão,
o abismo   do conhaque.

Enquanto uma espécie me aproximo mais
de um parafuso
         que se solta com frequência.

Em um banheiro preto-Rembrandt
uma menina — analfabeta — me lava,
da esquerda para a direita minha menina analfabeta
atravessa e ressalta
com uma esponja umedecida
o que Você fez à Sua imagem.

Ela não nasceu.
Ela se levantou e me jogou nas costas dela
         como a pele de um animal.

Conheço uma palavra para isso,
                          mas não me pergunte —
pergunte a uma vaca, pergunte a um cão.

Em verdade: à exceção da bochecha direita de Rembrandt,
está escuro.

Tendo escolhido
uma cabeça cheia de vinhas, Caravaggio
honestamente pinta a sujeira sob suas unhas.

Não, historiadores honestos, essa sujeira não significa decadência.
Sob os pregos carbonizados: pomar,
origem (e sou um parafuso que se solta com frequência).

Em sua escuridão inexplorada —

mulheres lavando umas às outras
à luz de suas bochechas,
à luz de seus joelhos.

A INGEBORG BACHMANN EM ROMA

Você não é a última mulher.

Você não é a última mulher a queimar em Roma,
Ingeborg.
Sob altas frontes de apartamentos fora dos caminhos trilhados
tudo é polido: móveis de madeira, prataria, dentes, o passado.
Depois de três banhos por dia, depois de quarenta anos
expondo seus pulmões a livros abertos,
você está em bandagens.

Ingeborg em coma, com bandagens
brancas — Ingeborg
é uma princesa-noiva digna daquele poeta queimado
Giordano Bruno.

Esticada, de barriga para cima no terraço da via Giulia,
você sabia que existem terraços onde ninguém pode se esticar,
onde se tem que andar na ponta dos pés com astúcia entre potes
de cogumelos em conserva, caixotes
                                        de batatas,

litros de compota. Onde a linguagem
é um cão preso numa corrente de palavras de ferro,
onde a punição
    são cem chicotadas de silêncio.

Os prédios de apartamentos permanecem sombrios. Ingeborg,
          poderiam saber
que dentro deles as pessoas morrem e choram?

À noite, quando as últimas mulheres estão chegando em casa,
  sacolas de compras sobre a veia basílica como depois que se tira
    sangue,
mulheres que avaliam o valor das coisas
          pela expressão facial
e conhecem o melhor polidor para qualquer superfície danificada,

os sons das coisas ocupam a cidade dos homens:
a porta do carro bate, garrafas batem nas lixeiras de recicláveis,
basílicas retinem com velas como cozinhas de restaurantes.

Depois de três banhos por dia, Ingeborg, depois de horas
esticada de barriga para cima no terraço,
depois de quarenta anos com livros até a altura dos pulmões,

você ainda cheira a Áustria. Seu cabelo liso
cai como moeda numa máquina de contar.

Os livros que abarrotam o apartamento não conseguem funcionar
como purificadores de ar,
Ingeborg.

A bile amarela
da Western Union nas ruas escuras, a luz doentia dos bondes
    noturnos
sob as altas frontes dos apartamentos polidos,
sombrias como se pudessem saber, como se pudessem cheirar.
Pare de cheirar o passado, Ingeborg.

Quando o chicote do silêncio se eleva, a linguagem devora o
próprio rabo.
E lá vai ela:

a espada flamejante de um poste de luz —
Adão embarca em um trem —
Eva morde os cotovelos.

O paraíso tem uma árvore que produz os cotovelos mordidos
de Eva, Ingeborg.

Abraço essas palavras com os dentes enquanto me deito de bruços
    no terraço
com vista para a sua Roma.

A nossa é uma história em que cada aspereza é coroada.
O silêncio nos sangra até a linguagem.
O silêncio arranca de nós a linguagem.
Louve seu silêncio, Ingeborg, seu buraco na parede.

Louve apartamentos polidos — pomares — cotovelos mordidos.
E silêncio.

BIOGRAFIA DO POETA

Peguei seu livro na estante do Sandeep,
a biografia do poeta dizia: "vive e ensina".
Embora o livro fosse bem recente, isso já não era verdade.

Quase lhe encontrei uma vez — um quase encontro do qual me
lembro bem
por causa do meu constrangimento:
eu estava fazendo sexo barulhento num quarto de hotel
enquanto você ficou batendo na porta querendo me dar seu
   livro.

Agora os trens estão congelados numa tempestade de inverno,
e tenho pena dos trens
como se eles fossem borboletas trêmulas,
um rebanho inteiro deles, os últimos de sua espécie,
presos numa neve que a Inglaterra nunca viu.

Sandeep está preparando o jantar, você está morto, o amante se
foi,
seu livro em minhas mãos congeladas.

MÚSICA PARA VOZ DE MENINA E BISÃO

I

Inverno em Roma.

Álamos,
retos e rústicos,
como Marsyas.

A íris escura do rio
circunda
　　　　piazzas cegas.
Tosca e Traviata

bebem café amargo
por uma rodela de laranja
　　　　　　　　cortada de seus rostos.
Elas são gêmeas,

resgatadas por uma mesa de cozinha,
cuidadas　　　　por arrepios de laranja.

Seus pés batem nos ladrilhos
　　　　　　　　como peixes engasgados;
suas cabeças zunem.

        Um zumbido do estômago. Uma fera
que zune
cuja parte superior do corpo é a sua, leitor,
enquanto o que quer que esteja abaixo da cintura
é meu sonho.

    *

Em 1521, enquanto assistia a uma tourada no Coliseu, Mikola Husowski observa que a cena o faz lembrar de uma caçada a um bisão selvagem — *zoobrr* —, o maior de sua espécie, que vive na floresta de Belaveža — uma floresta primordial onde o próprio Husowski nasceu de uma família de lituanos pagãos.

O papa Leão X Imediatamente ordena que Husowski escreva, em versos, uma descrição detalhada de uma caça pagã à fera oriental.

    *

Você discorre, Mikola, e o bisão corre —
com forma de dor de dente, com tamanho de espuma.

O que suas flechas apanham?
Sua respiração,

Mikola,
entre ciprestes e templos que rastejam pelos montes
            em suas colunas de pernas de aranha,
como pôde você,

Mikola, acima da arena
onde os olhos sinistros dos touros cegam os espectadores
como flashes de câmeras,

lembre-se
de todas as inúmeras feras —
de uma, das nossas
florestas bielorrussas

zoobrr, cinza-selvagem,
veias da espessura de um braço,
pulmões como duas barras de pedra.

Zoobrr olha direto
na cara da Medusa
do que está por vir.

*

Na Terra,
onde todas as doenças são curadas caminhando,
o *zoobrr* sai da floresta
procurando matar
sua solidão,

um anjo silvestre da história,
um bisão de melancolia,
uma van preta.

*

Eu estava em Roma:

melhor ser presa entre costelas de um bisão selvagem,
melhor no estômago de Moloch apanhada em queda livre,
do que entre veias de mármore
que bombeiam sangue de pedra
dentro de músculos de pedra.

Como pôde você, Mikola,
il forestiere, filho de um guarda florestal
lituano, agora em Roma,
entre ciprestes e caquis,
entre álamos, retos
e rústicos, como Marsyas,
Mikola,

da nossa floresta que só coníferas
conseguem escapar —
alcatroados com mel elas nadam

   — peixes estranhos — até estaleiros

onde, sem raízes, amnésicas,
elas são transformadas em navios
que atravessam um oceano como uma rua.

 *

Mikola, sob a borda de um navio —
Medeia masca um chicle.

*

Nosso estranho peixe carregando uma carga estranha —
da floresta onde as pessoas adoram o sol,
genitais e um fio vermelho sugado em linho branco —

Mikola de uma verdade, uma história, um Deus.
(Por que
iria uma mulher com treze filhos orar
para um Deus?)

Um papa com nome e hábitos
de predador
faz uma encomenda a você que capture,
em versos,
nossa fera

cujos pulmões são duas lápides, lado a lado.

A pedra da esquerda um pouco menor, no topo —
um coração, como um chapéu esquecido,

uma camada de neve vermelha derretida.

*

O que é mais pesado que um bisão?
O olhar de um bisão.

Há uma árvore decorada com coroas de entranhas de
caçadores.
Nossas entranhas, um emaranhado do cabelo de uma menina.
Um mapa da nossa floresta, um emaranhado do cabelo de uma
menina.

*

1500: Copérnico, em Roma, observa o eclipse do Sol.
1543: mais tarde, mas independentemente de Aristarco,
Copérnico
   descreve o Sol como o fogo central.

Belaveža está congelada.
Belaveža é derrotada pelas torrentes de caça.
O sol de Belaveža está obstruído como uma loja fechada.
Zoobrr, fera central, preto central, sonho central
no ar gelado,

— sujeira e gelo surgem para animar seus cascos —

corre e, correndo, destrói totalmente sua merda
para que essa merda nunca atinja o solo,
para que ele não seja rastreado.

Então isso somos nós: a merda indetectável do bisão, reduzidos
a cinzas.
Nossa história
é uma loja fechada.

*

Belaveža é partilhada entre a Bielorrússia e
a Polônia, com uma fronteira correndo pela
floresta. Para maior clareza, nos referiremos
a essa fronteira como um limiar de dor.

À prova de dor, embora
por qualquer ínfimo som
ferido,
o *zoobrr* cava em direção ao matagal após os esqueletos
das árvores.

Uma coroa de tripas num arbusto congelado.

O bisão é nossa caixa-preta,
um *zoobrr* troiano repleto de poetas assassinados,
um anjo silvestre da história,
um bisão de melancolia,
uma van preta.

　　*

Bisão da decência, bisão de bardana e endro,
bisão de países pequenos, bisão de estupro,
bisão de não ter provas,
bisão das ilusões do passado de ouro,
uma fera com nome para pessoas sem nome,
bisão dos reféns, bisão da neve precoce,
bisão de erros ortográficos, bisão de cevada e trégua,
bisão de César e de césio

uma fera cujo nome poderíamos soprar
em um tubo
para verificar o nível de medo em nosso sangue.

Bisão da lei da ralé, bisão dos pratos
quebrados, bisão de malvas caídas
        atrás das casas, vazios
como estômagos
no alvorecer de um século.

Bisão troiano da história,
Zoobrr, esquecido por Adão,
Zoobrr, arquivado como *sem classificação* nas profundezas da
floresta.
Um povo, escrito incorretamente, sublinhado
em vermelho, arquivado como *sem classificação* nas
profundezas
de blocos de apartamentos.

    *

Novembro. Bisões estão acasalando.
A floresta treme
como se alguém lentamente
passasse por eles
um invisível arco de violino
de luz.

    *

Novembro, em forma de bisão.

II

Em Roma, eu tinha o hábito de levar livros na minha língua, escritos por autores que ninguém no Ocidente jamais lê, para a piscina de uma academia local.
Azulejos italianos suados, água azul néon, silêncio de museu e um europeu (quase) nu em pé, caminhando, preparando-se para pular.

Num vestiário, onde as mulheres, girando como o mecanismo de um relógio, vestiam e despiam, eu abria meu livro expondo o alfabeto da minha língua, o arrepio tatuado dos seus sinais inéditos e pervertidos.

Suor e cloro, petiscos crocantes em ouvidos entupidos — o vestiário era um útero. Minhas letras estranhas — cromossomos, vírus — multiplicados no ar quente e úmido.

*

A radiação da língua desconhecida.

*

Uma vez,
no meu caminho em direção à piscina,
em uma rua escura e chuvosa,
tropecei numa grande pilha de folhas,
bagunçando-a com minha bota.
Um corvo mutilado foi embora, grande,
de peito pesado, a asa
pendurada como uma folha escura de repolho.

"Você me bagunçou", ela disse,
enquanto mancava, em forma de bisão,
direto para o trânsito.

Para mudar a direção do pensamento — quebre a asa de um pássaro.
Eu quebrei a asa dele.

Para corrigir uma letra incorreta do seu nome, arranque o olho de um pássaro.

*

Baguncei você, meu coração em forma de bisão.
No cruzamento entre as cordas vocais
e as crônicas de guerra se encontra um *zoobrr* sangrando.
À distância de um braço esticado, um *zoobrr*, soando.
À distância de um braço esticado, o *zoobrr* canta com as vozes
dos meus mortos.
Carrego meu *zoobrr* dentro de mim. Ausência
de explicação ou evidência é meu truque de sobrevivência.

Ausência do meu sangue em seus livros de história
é o motivo pelo qual, no outono, o nevoeiro se espalha na terra
num protesto silencioso.

O nevoeiro é o bisão da história.

*

Onde quer que eu pouse, altero o equilíbrio das fronteiras.
Algo no meu sangue me faz cair no seu chão como uma
   pedra cai
num copo cheio.
Chego e as fronteiras transbordam.

"Motivo da sua visita?" "História cabeluda, senhor."
"Motivo da sua visita?" "Entrega de livro a um bisão faminto."
"Motivo da sua visita?" "O fechamento da loja da história."
"Ocupação?" "Ausência nos livros de história."
"Ocupação?" "Chamar coisas de emaranhado de cabelo."
"Você tem alguma bagagem?" "Sim."
"O que há na sua bagagem?"
Toque.

*

Através de uma cerca de diamantes,
Mikola, morto, me oferece
um punhado de mirtilos.

É um sonho. Ele parece tão bem alimentado.
Nossa casa é um útero sobre um arbusto congelado.

*

Para desembaraçar o cabelo — desembarace o nevoeiro.
Para desembaraçar o nevoeiro — libere rios em *piazzas*.
Para liberar rios — corte a garganta do bisão,

agora observe o sangue escorrer.

Mas o que é sangue

quando sangue

é um emaranhado de cabelo.

AGRADECIMENTOS

Agradeço aos editores das seguintes publicações nas quais meus poemas apareceram, algumas vezes em suas versões anteriores: *Poetry*, *Poetry International*, *Granta*, *The White Review*, *The New Yorker*, *Prairie Schooner*, *Freeman's*, *Poem-a-Day*, da Academia dos Poetas Americanos, *Ambit*, *The Common* e *The Los Angeles Review*. Cada resposta entusiasmada ao meu trabalho me trouxe uma nova onda de confiança, muito obrigada.

Um agradecimento especial a Kwame Dawes e à *Prairie Schooner*, por me homenagearem com o Prêmio Glenna Luschei Prairie Schooner.

Minha profunda gratidão ao Programa de Residência Amy Clampitt, que me proporcionou uma residência de escrita onde muitos desses poemas foram esboçados.

Agradeço também ao meu marido, Ishion Hutchinson, por me levar para uma estadia de um ano em Roma: muitos desses poemas foram terminados no Monte Janículo.

Aos meus leitores Ilya Kaminsky e Sandeep Parmar: amo vocês dois. Obrigada pela amizade, pelo apoio e pela paciência.

Obrigada ao meu editor, Jonathan Galassi, e a todos da FSG.

Este livro é para a minha filha, Korah.

VALZHYNA MORT, renomada poeta e tradutora de Minsk, Bielorrússia, é autora de três aclamadas coleções de poesia: *Factory of Tears* (2008), *Collected Body* (2011) e *Música para Morrer e Renascer* (2020). Escritos tanto em inglês quanto em bielorrusso, seus poemas e ensaios foram publicados em veículos renomados como *The New Yorker* e *Poetry*. Mort editou e coeditou antologias e atualmente leciona na Universidade Cornell. *Música para Morrer e Renascer* conquistou o Prêmio Internacional Griffin de Poesia em 2020 e o Prêmio Rilke da UNT em 2022.

DARKLOVE.

"A morte é a coisa mais justa do mundo.
Ninguém jamais escapou dela. A terra leva a todos;
os bondosos, os cruéis, os pecadores.
Fora isso, não há justiça na terra."
— SVETLANA ALEKSIÉVITCH —

DARKSIDEBOOKS.COM